W9-BUR-091

BILLIE B. BROWN

SALLY RIPPIN

7.ª EDICIÓN

ⓑ Bruño

BILLIE B. ES FANTÁSTICA

Título original: *Billie B Brown*
The Second-best Friend / The Midnight Feast
© 2010 Sally Rippin
Publicado por primera vez por Hardie Grant Egmont, Australia

© 2014 Grupo Editorial Bruño, S. L.
Juan Ignacio Luca de Tena, 15
28027 Madrid
www.brunolibros.es

Dirección Editorial: Isabel Carril
Coordinación Editorial: Begoña Lozano
Traducción: Pablo Álvarez
Edición: María José Guitián
Ilustración: O'Kif
Preimpresión: Alberto García
Diseño de cubierta: Miguel A. Parreño (MAPO DISEÑO)
ISBN: 978-84-696-0026-9
D. legal: M-10132-2014
Printed in Spain

BILLIE B. BROWN

¿PONIS O ROTULADORES?

Capítulo 1

Billie B. Brown tiene seis
rotuladores de colores
superchulos, una mochila
enorme y un amigo estupendo.

¿Sabes qué significa la B
que hay entre su nombre
y su apellido?

¡Sí, has acertado! Es una B de

BUENA

ROTUS DE COLORES

MOCHILA
eNORME

El mejor amigo de Billie se
llama Jack.

Billie y Jack iban juntos
a la escuela infantil, y ahora
que son mayores van juntos
al colegio. Siempre van al cole
juntos. Siempre se sientan
juntos. Y siempre vuelven
a casa juntos.

Hoy Billie ha decidido llevar
sus rotuladores nuevos a clase.
Jack se los ha regalado por
su cumpleaños. Los rotus,
además de escribir con tinta
fluorescente, huelen a fruta.
A Billie le encantan.

Billie los coloca
sobre su mesa.
Coge uno rosa y le quita la
tapa. Enseguida, toda la clase
huele a fresa.

—Humm —dice la señorita
Wendy, olisqueando el aire—.
¿Alguien está comiendo?

Todos los niños dejan de trabajar y miran a su alrededor. Billie le pone rápidamente la tapa al rotulador, TEMIENDO meterse en un lío.

—Billie, ¿has traído caramelos a clase? —le pregunta la profe, frunciendo el ceño.

—¡No! —contesta Billie rápidamente—. ¡Es mi rotulador rosa!

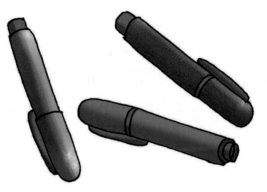

—¡Ah, vale! Qué fuerte huele, ¿verdad? —replica la señorita Wendy.

—¿Puedo verlo? —dice Helen, levantándose.

—¡Yo también quiero! —exclama Sarah.

—No, niñas, sentaos —dice
la profe—. Ya veréis los
rotuladores de Billie a la hora
del recreo.

Billie se siente muy ORGULLOSA
y mira a Jack, que le sonríe.

Cuando suena el timbre,
las chicas se sientan al lado
de Billie para ver sus
rotuladores nuevos.

—¿De dónde los has sacado?
—le pregunta Lola.

—Me los ha regalado Jack
por mi cumpleaños.

—¡Ah, claro, como Jack es tu novio...! —replica Lola.

—No es mi novio —dice Billie enfadada—. ¡Qué tontería!

—Sí que es tu novio —insiste Lola—. Es un chico, y es tu amigo. Por lo tanto, es tu novio.

A las demás niñas se les escapan unas risitas y Billie pone mala cara.

¡A veces Lola y sus amigas son insoportables!

Capítulo 2

Poco después, Billie y Jack trepan a lo alto del puente de barras, su sitio favorito para comer.

Cuando terminan, se cuelgan cabeza abajo para ver quién aguanta más tiempo.

Luego suena el timbre y los dos vuelven a clase.

¡RIIING!

En ese momento, Rebecca se acerca a Billie.

Rebecca va a la clase de Billie y Jack. Tiene unas trenzas largas y rubias que se ata con lazos. A Billie le encantaría tener unas trenzas así.

Billie se para, pero Jack sigue corriendo.

Rebecca lleva algo en las manos: es un poni de color violeta. A Billie le encanta, así que le da un poquitín de envidia.

Rebecca siempre lleva a clase
unos juguetes preciosos.

—Qué poni más bonito...
—dice Billie.

—Gracias —contesta
Rebecca—. ¿Quieres cogerlo?

Billie extiende una mano
y Rebecca le da el poni.

Es muy bonito. A Billie
LE ENCANTARÍA tener un poni
como ese.

—¿Quieres que hagamos
un intercambio? —sugiere
Rebecca—. Tus rotuladores
por mi poni, ¿vale?

—¡Uy! —exclama Billie,
sin saber qué hacer.

Le encanta el poni, pero
los rotuladores son un regalo
de Jack.

¿Se enfadaría su amigo si
los cambiase por el juguete?

—No sé —contesta Billie, muy
confusa.

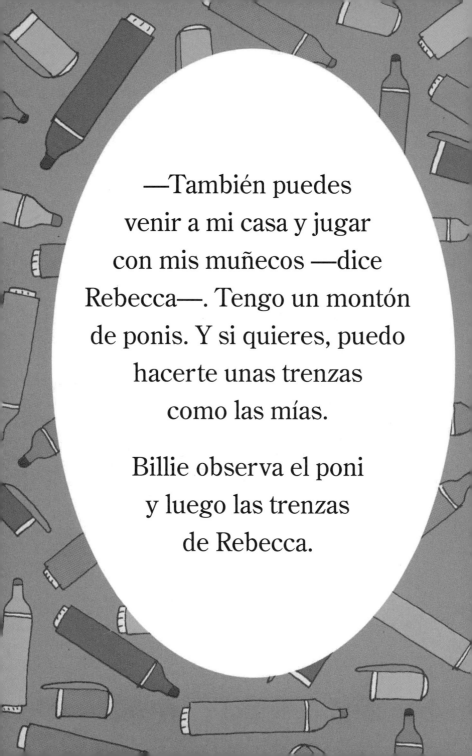

—También puedes
venir a mi casa y jugar
con mis muñecos —dice
Rebecca—. Tengo un montón
de ponis. Y si quieres, puedo
hacerte unas trenzas
como las mías.

Billie observa el poni
y luego las trenzas
de Rebecca.

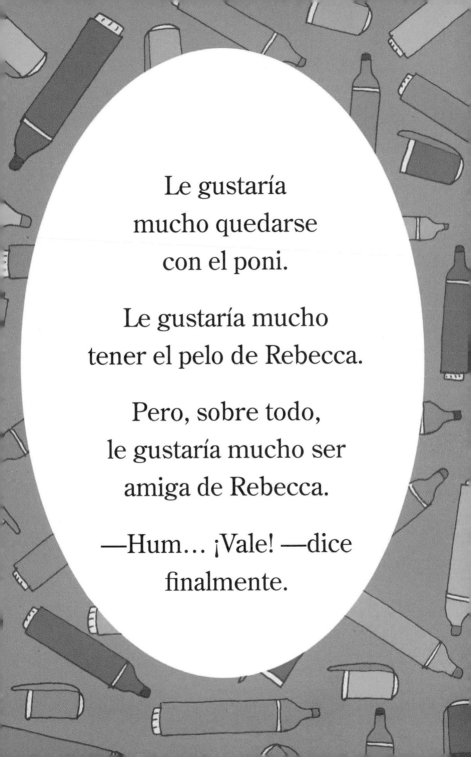

Le gustaría
mucho quedarse
con el poni.

Le gustaría mucho
tener el pelo de Rebecca.

Pero, sobre todo,
le gustaría mucho ser
amiga de Rebecca.

—Hum… ¡Vale! —dice
finalmente.

Le da a Rebecca
los rotuladores y, después de
contemplarlo con cara
de felicidad,
se guarda
el poni
en un
bolsillo.

A continuación,
Rebecca y ella vuelven
corriendo a clase.

Billie está tan EMOCIONADA
que el estómago le da saltos,
como si tuviera un pececillo
dentro.

CAPÍTULO 3

Cuando acaban las clases, Billie y Jack caminan juntos hacia la salida. Allí está Rebecca, esperando a Billie.

La madre de Rebecca y la madre de Billie están hablando.

—¡Hola, Billie! —la saluda Rebecca—. Tu madre dice que podéis venir con nosotras.

—¿Hoy? —se extraña Billie.

—¿Y qué pasa con nuestra cabaña? —le pregunta Jack a su mejor amiga.

—Billie no tiene por qué jugar siempre contigo —replica Rebecca.

Billie mira a Jack. Ve que su amigo está MOLESTO, pero no sabe qué decir. Está tan EMOCIONADA por que Rebecca quiera ser su amiga…

—Podemos acabar la cabaña en otro momento, Jack —le dice en voz baja.

Jack pone cara de pena, agacha la cabeza y mira al suelo.

—¡Vamos, Billie! —exclama Rebecca—. ¡Mi madre nos está esperando!

Billie sigue a Rebecca hasta su coche. Intenta despedirse de Jack, pero él aún mira al suelo.

Billie y Rebecca se sientan en el asiento trasero.

Billie está muy CONTENTA. Tiene un nuevo poni y una nueva amiga.

Pero, de repente, se pone a pensar en Jack y se siente MAL.

Tan mal, que el estómago se le revuelve.

Capítulo 4

Las chicas llegan enseguida
a casa de Rebecca.

La casa es grande y blanca
como una tarta, y la habitación
de Rebecca, rosa y violeta.

Allí hay más juguetes de los
que Billie ha visto en toda su
vida.

Billie observa cómo Rebecca
saca los rotuladores de su
mochila y los coloca
en su mesa.

Cuando Billie ve
los rotuladores, se le hace
UN NUDO EN EL ESTÓMAGO.

El padre de Rebecca ha
comprado cupcakes para
merendar.

Tienen caritas muy graciosas
y son dulces y suaves.

No se parecen en nada
a las barras de
cereales que
hace la madre
de Billie.

—¡Tómate otro,
Billie! —le dice la madre de
Rebecca.

A Billie le gustaría comerse
otro cupcake, pero sigue
teniendo EL ESTÓMAGO RARO.

Bebe un poco de zumo,
aunque ni aun así
se encuentra mejor...

—No me siento bien
—confiesa finalmente
con un hilo de voz.

—¡Ay, pequeña! —exclama
la madre de Rebecca,
poniéndole una mano
en la frente—. No tienes
fiebre, pero voy a llevarte
a tu casa.

Luego envuelve un pastelito
en una servilleta de papel rosa
y se lo da a Billie.

—Toma, Billie, para que te lo comas cuando quieras. Id a por tus cosas, ¿de acuerdo? —dice.

Las niñas suben las escaleras. En ese momento, Billie ya sabe lo que tiene que hacer para sentirse mejor.

Saca el poni del bolsillo. Aunque es el poni más bonito que ha tenido nunca, sabe que no puede quedárselo. Por eso se lo tiende a Rebecca.

—Lo siento —dice—. ¿Podemos deshacer

el intercambio? Los rotus
me los regaló un amigo.
Si se entera de que te los he
dado, se pondrá muy triste.

—Sé por qué quieres que
te los devuelva —contesta
Rebecca mientras le da a Billie
los rotuladores—. Porque te
los ha regalado tu novio.

—¡Jack no es mi novio! Es mi amigo. Mi mejor amigo. ¡El mejorcísimo mejor amigo que se pueda tener! —Billie piensa en Jack y sonríe—. Te ríes con él, y se le da bien colgarse de las barras, y también hacer cabañas.

—¡Qué suerte! —exclama Rebecca—. A mí no me dejan hacer cabañas en el jardín. Mi madre dice que se ensucia todo.

—Entonces puedes venir a jugar a la nuestra —dice Billie

con una sonrisa—. Seguro
que a Jack no le importa. ¡Hay
mucho espacio!

—¿En serio? ¡Gracias, Billie!
—replica Rebecca.

—Billie, ¿estás lista? —dice
desde abajo la madre de
Rebecca.

—¡Sí, ya voy! —grita Billie.

Coge su mochila y guarda
los rotuladores.

—¡Espera! —dice Rebecca—.
Quédate con el poni.

—¿Por qué? —pregunta Billie, PREOCUPADA—. ¿No quieres deshacer el intercambio?

—No es eso. Tengo montones de rotus. Y de ponis. Pero no tengo ninguna amiga como tú. Puedes quedarte con el poni.

—¡Gracias! —contesta Billie, SUPERCONTENTA porque se le ha ocurrido una idea—. ¿Qué te parece si fuéramos las segundas mejores amigas?

—¡Síííí! —exclama Rebecca—. ¡Me encantaría!

—¡A mí también! —dice Billie,
y las dos se abrazan y corren
escaleras abajo.

La madre de Rebecca arranca
el coche y Rebecca se despide.

Billie se apoya contra el
respaldo del asiento. Ya no
siente un nudo en el estómago.

Saca la servilleta del bolsillo
y la abre.

El cupcake está un poquito
aplastado, pero sabe que,
de todas formas, a Jack
le gustará.

BILLIE B. BROWN

LA FIESTA DE MEDIANOCHE

Capítulo 1

Billie B. Brown tiene
una linterna azul, una bolsa
llena de chuches y una tienda
de campaña nuevecita.

¿Sabes qué significa la B
que hay entre su nombre
y su apellido?

¡Sí, has acertado! Es una B de

BASTANTE MAYOR

TIENDA DE CAMPAÑA

LINTERNA

CHUCHES

¡Billie B. Brown dice que ya es bastante mayor para ir de acampada!

¿Y sabes dónde va a acampar?

¡En el jardín trasero de la casa de Jack!

Jack es el mejor amigo de Billie, y además vive en la casa de al lado.

Billie y Jack van a dormir en la nueva tienda de campaña de Billie y van a hacer una fiesta de medianoche.

Por eso Billie necesita una
linterna…

… y muchas chuches.

Billie y Jack están sentados
dentro de la tienda, planeando
la fiesta.

Jack tiene dos paquetes
de patatas fritas y Billie tiene
galletas dulces y saladas.

De pronto, el padre de Jack asoma por la puerta de la tienda y exclama:

—¡Eh, chicos, la cena ya está lista!

—No vamos a cenar —dice Billie—. ¡Tenemos montañas de comida!

—Todavía falta mucho para medianoche —replica el padre de Jack—. ¡Y hay espaguetis a la boloñesa!

—Hay espaguetis a la
boloñesa... —repite Jack.

—Bueeeeno, vale, pero
solo entraremos para cenar
—se rinde Billie, pues
los espaguetis a la boloñesa
son su comida favorita.

Ella y Jack entran corriendo en
la casa y huelen los espaguetis.
Sus estómagos RUGEN y se les
hace la boca agua.

Billie y Jack se comen dos
platos de espaguetis cada uno.

Luego vuelven corriendo
a la tienda, aunque todavía
hay mucha luz.

—¿Nos comemos ahora
las chuches? —sugiere Jack,
metiendo una mano en la
bolsa.

—¡No, que son para la fiesta de
medianoche! —exclama Billie.

—Bueno, ¿entonces podemos
comernos las patatas fritas?

—Vaaale, venga —contesta
Billie—. Y también las galletas.
Así iremos ensayando para la
fiesta.

—Buena idea —dice Jack.

Billie y Jack tiemblan de
emoción. ¡IR DE acamPaDa
es SUPeRDiVeRtiDo!

Capítulo 2

Billie y Jack se meten en los sacos de dormir.

Comparten una bolsa de patatas fritas y después las galletas. Deciden guardar las chuches hasta que anochezca, pero FALTA TANTO TANTÍSIMO... Todavía hay luz.

—¡Vamos a mi casa a buscar un juego! —propone Billie de repente.

—¡Vale! —dice Jack.

Abren la cremallera
de la tienda, salen corriendo
y llegan hasta el agujero
de la valla.

Por allí se cuelan al jardín
de Billie y se meten en su casa.

Sus padres están en el salón viendo la tele.

—¡Hola, chicos! —los saluda la madre de Billie—. Dentro de cinco minutos ponen *Buscando a Nemo*.

—¡Estamos de acampada! —grita Billie—. ¡No podemos ver la tele mientras estamos de acampada!

—Pero ¡es *Buscado a Nemo*, Billie! —exclama Jack.

—Bueno… ¡Vale! —acepta Billie finalmente,

pues esa película es la favorita
de los dos.

El padre de Billie les sirve
dos buenas raciones de helado
y les da permiso para que
se lo coman delante
del televisor.

—Ahora, a lavarse los dientes —dice la madre de Billie cuando acaba la película.

—¡Uno no se lava los dientes cuando está de acampada! —protesta Billie.

—¡Claro que sí! —replica su madre.

PaSTa DE DiENTeS
CON SabOR
RiCO, RiCO

De modo que a Billie y a Jack
no les queda más remedio que
ir al cuarto de baño a lavarse
los dientes.

Jack tiene un cepillo en casa de
Billie y ella tiene otro en casa
de su amigo.

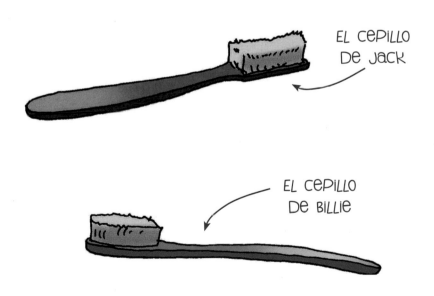

EL CEPILLO
DE JACK

EL CEPILLO
DE BILLIE

Cuando terminan, Billie y Jack
miran por la ventana.
Ahora ya ha anochecido.

—¿De verdad vais a dormir
en la tienda de campaña?
—les pregunta la madre
de Billie.

—¡Por supuesto! —responde
ella—. ¡Estamos de acampada!

—Oh, oh —dice Jack—. Se me
ha olvidado la linterna dentro
de la tienda...

—A mí también —dice
Billie—. ¿Cómo vamos
a encontrar el camino en
la oscuridad?

—No os preocupéis, yo os
llevaré —se ofrece el padre de

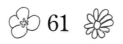

Billie—. Pero no pienso pasar por el agujero de la valla.

Así que el padre de Billie los lleva al jardín de Jack, ¡aunque esta vez entran por la puerta!

Capítulo 3

El padre de Billie arropa a los
niños en los sacos de dormir
y les da un beso.

—¿Seguro que estaréis
bien aquí fuera?
—les pregunta.

—¡Claro! —contesta Billie—.
¡Ya somos mayores!

—También la gente mayor
puede tener miedo —dice
el padre de Billie.

—Ya, pero ¡nosotros no!
—exclama Jack.

El padre de Billie sonríe
y cierra la cremallera
de la tienda.

Billie y Jack están tumbados.
Les llega un poco de luz
desde casa de Jack, pero no

mucha. Dentro de la tienda
la oscuridad es casi completa.
Y hay MUCHO SILENCIO.

—¿Qué hora es? —le pregunta
Billie a Jack.

Jack se incorpora, enciende
su linterna y mira su reloj.

—Las diez —contesta.

—Humm, todavía falta mucho
para medianoche —dice Billie.

En ese momento, Billie ya no
tiene claro si le gusta acampar
a oscuras.

Le parece que era mucho más divertido de día. Pero se queda muy quieta porque no quiere que Jack piense QUE está asustada.

—¿Y si hiciéramos la fiesta ahora? —sugiere Jack.

—No podemos, porque entonces no sería una fiesta de medianoche. ¡Sería una fiesta de las diez!

—¡Ya, claro!
—dice Jack, apagando
la linterna.

Luego la vuelve a encender
y añade:

—Creo que la dejaré
encendida. Así sabremos
cuándo es medianoche.

—Buena idea —replica Billie,
y se pregunta si a Jack
también le dará un poquito
de MieDO la oscuridad.

Billie y Jack se acurrucan
en sus sacos de dormir.

Tumbados hombro
con hombro, escuchan
los sonidos de la noche.

CRi, CRi!

¡UUUUH!

¡SiSSS!

¡UUUUH!

¡SiSSS!

69

De repente, Jack
se incorpora.

—¿Has oído eso? —pregunta.

—¿El qué? —dice Billie,
incorporándose
también.

De pronto, oye el ruido.
Parece un débil GRUÑIDO...

Poco después, el gruñido se vuelve más intenso y Billie y Jack oyen que algo se arrastra fuera.

Entonces, una sombra oscura cruza las paredes de la tienda.

—¡Un monstruo! —gritan Billie y Jack al mismo tiempo—. ¡Mamá! ¡Papá!

Capítulo 4

El padre de Jack mete
la cabeza por la puerta de la
tienda y pregunta con una
sonrisa:

—¿Estáis bien, niños?

Billie y Jack están abrazados.

—¡Hemos visto un monstruo
enorme!
—dice Jack.

—¡Nos ha gruñido! —dice
Billie.

—Los monstruos no existen
—replica el padre de Jack—.
Seguramente no era más que
un gato. ¿Queréis venir a casa?

Jack mira a Billie.

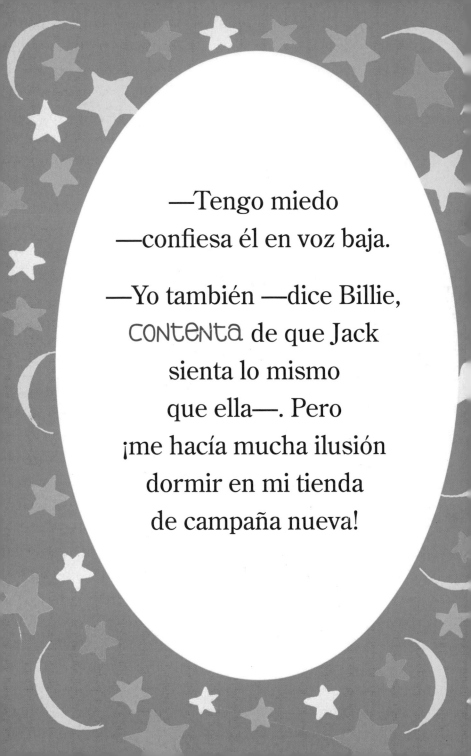

—Tengo miedo
—confiesa él en voz baja.

—Yo también —dice Billie,
CONTENTA de que Jack
sienta lo mismo
que ella—. Pero
¡me hacía mucha ilusión
dormir en mi tienda
de campaña nueva!

—¡Ya, y a mí hacer
una fiesta de medianoche!
—añade Jack.

Billie ESTÁ DESILUSIONADA.
Tiene muchas ganas
de dormir en la tienda,
pero el jardín está muy
oscuro y le da miedo.

Billie y Jack se miran.
No saben qué hacer. Entonces
Billie tiene una gran idea.
¡Una idea chulísima!

¿Sabes qué se le ha ocurrido?

Billie y Jack enrollan los sacos
de dormir. Luego recogen
la basura y se guardan la bolsa
de chuches.

El padre de Jack
los ayuda a desmontar
la tienda y después corren por
el jardín hacia la casa de Jack.

Diez minutos más tarde, Billie
y Jack están dentro de la
tienda otra vez, metidos en sus
sacos y listos para dormir.

¿Sabes dónde han acampado ahora Billie y Jack?

¿No se te ocurre nada?

Piénsalo bien…

¿Ya lo sabes?

¿De verdad?

¡Sí, lo has adivinado!

¡En la habitación de Jack!

¿Y qué ha sido de su fiesta de medianoche?

Da igual. Ya la harán en otra ocasión.

Quizá cuando sean aún más mayores...

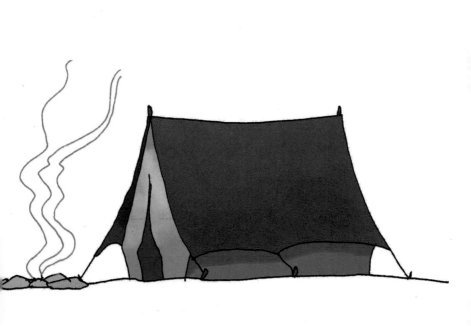

BILLIE B. BROWN

✻ ÍNDICE ✻

TÍTULOS DE LA COLECCIÓN